Il devint **CRAMOISI** et balbutia :

– T-tu ne serais pas Sourille ?

– *Comme tu as changé…*

– *Toi aussi, tu as changé…*

– *Tu as beaucoup grandi…*

– *Toi aussi, tu as grandi…*

– *Que de belles moustaches…*

– *Et toi de très beaux cheveux blonds…*

– *Tu ne portes plus de lunettes ?*

– *Non, maintenant, j'ai des lentilles de contact…*

– *Moi, je n'ai plus mon appareil dentaire…*

– *Et moi, je n'ai plus de boutons, tu as remarqué ?*

Ils se regardèrent dans les yeux et... se sourirent.

## C'ÉTAIT LE COUP DE FOUDRE !

Entre eux, il y avait eu une petite étincelle magique : l'étincelle de l'*Amour*, avec un *A* majuscule !

Les enfants étaient allés, en courant, se réfugier dans une grotte. Sourille et Ratobald, eux, s'abritaient sous le parapluie.

Le seul qui se mouillait, c'était moi !

J'étais trempé jusqu'aux amygdales, DÉGOULINAAAAAARANT de la pointe des moustaches au bout de la queue ! Je toussai pour attirer leur attention et dis :

– Excusez-moi de vous interrompre, mais (je ne sais pas si vous l'avez remarqué) il pleut...

Mais ils ne m'entendirent pas et continuèrent à se dévisager en *souriant souriant souriant*

*souriant souriant souriant souriant souriant souriant...*

## On aurait dit une scène de film !

Je soupirai et m'éloignai, résigné.

Mais eux, serrés l'un contre l'autre sous le parapluie couleur fromage, continuaient de se sourire.

Et malgré la pluie, on aurait dit qu'un arc-en-ciel venait de surgir, car...

LORSQUE DEUX CŒURS SE RAPPROCHENT, LE SOLEIL BRILLE TOUJOURS !

# LA NATURE EST LE PLUS PRÉCIEUX DES TRÉSORS !

Le soir, autour du feu de camp, *Ratobald* raconta :

– Je suis **NATURALISTE** (diplômé en **SCIENCES NATURELLES**). J'avais toujours rêvé de défendre l'environnement ! J'aime toutes les espèces qui peuplent notre merveilleuse **TERRE**, riche d'**OCÉANS**, de **FORÊTS**, d'*air pur*.

Il nous montra une feuille d'érable.

## SIROP D'ÉRABLE

Le sirop d'érable peut être bu dilué dans de l'eau ou utilisé comme édulcorant. À la fin de l'hiver, les Indiens d'Amérique du Nord incisaient l'écorce des érables pour recueillir la sève. Puis ils la faisaient bouillir pour obtenir un sirop sombre, épais et sucré. En remuant longuement, il se cristallisait en sucre.

– C'est à partir de cette plante que l'on obtient le sirop d'érable. À propos, pourquoi ne commenceriez-vous pas une collection de feuilles mortes ?

# Comment collectionner les feuilles mortes

**1** Ramasse les feuilles tombées à terre, en choisissant les plus belles, avec des formes, des couleurs et des dimensions différentes.

**2** Dès que tu es de retour chez toi, nettoie les feuilles et essuie-les bien. Pour les faire sécher, place-les entre deux feuilles de papier, puis mets-les dans un livre assez lourd pour qu'il les presse bien.

**3** Quand les feuilles sont bien aplaties et bien sèches, colle-les dans un cahier ou glisse-les dans un album photo.

**4** Écris près de chacune des feuilles leur nom et la date à laquelle tu les as ramassées.

**5** À côté de leur nom commun, tu peux écrire leur nom scientifique, que tu trouveras dans une encyclopédie.

# CUI... CUI CUI... CUI CUI CUI !

Le lendemain MATIN, nous partîmes faire une longue promenade.

Dans la forêt, Ratobald commença à nous indiquer les différentes plantes.

– Voici un *érable à sucre*, dont la feuille figure sur le drapeau du Canada !

Et là, c'est un *chêne rouge d'Amérique* : en automne, ses feuilles deviennent rouges. Et ça, savez-vous ce que c'est ?

Kouti répondit :

– C'est un *châtaignier*... je **raffole** des châtaignes, mais il faut faire attention à ne pas se **PIQUER** avec les bogues dans lesquelles elles sont enfermées.

Ratobald nommait les animaux que nous rencontrions : renards, marmottes, ratons et même un orignal, qui a de très grands bois.

# LES ARBRES ET LEURS FEUILLES

**Érable à sucre**
*Acer saccharum*

**Érable plane**
*Acer platanoides*

**Érable rouge**
*Acer rubrum*

**Érable à feuilles rondes**

**Bouleau**
*Betula pendula*

**Châtaignier**
*Castanea sativa*

**Hêtre**
*Fagus sylvatica*

**Orme champêtre**
*Ulmus minor*

**Chêne rouge d'Amérique**
*Quercus rubra*

# ARBRES À FEUILLES PERSISTANTES

**Pin rigide**
*Pinus rigida*

**Pin rouge**
*Pinus resinosa*

**Sapin blanc**
*Abies alba*

**LES ANIMAUX DES FORÊTS D'AMÉRIQUE DU NORD**

1. Opossum de Virginie
2. Cardinal rouge
3. Élan
4. Écureuil volant
5. Pivert
6. Loup
7. Lapin à queue blanche
8. Raton laveur
9. Mouffette
10. Castor
11. Loutre
12. Cerf de Virginie

Soudain, j'entendis un gazouillis.

*Cui cui cui... cui... cui cui... cui cui cui...*

Puis j'entendis de nouveau : *Cui cui cui... cui...*

Cette fois, c'était tout près ! *Cui... cui... cui...*

Je finis par découvrir un petit oiseau entre les racines d'un chêne :

– Il est tombé du nid ! Nous devons le secourir !

## S.O.S. COMMENT SAUVER UN OISEAU

1) *Si tu trouves un petit oiseau tombé à terre, cherche le nid dans le voisinage, remets l'oiseau dedans et attends un peu... ses parents pourraient venir le récupérer.*

2) *Si tu ne trouves pas le nid, recueille délicatement l'oiseau dans tes mains.*

3) *Si l'oiseau est très petit et n'a pas encore de plumes, il faut le nourrir avec du lait pour bébé en utilisant une seringue sans aiguille. Les petits mangent peu mais souvent, environ toutes les heures.*

4) *S'il a des plumes, examine son bec : s'il est court et robuste, donne-lui à manger des graines, s'il est long et fin, des insectes.*

5) *Place-le dans un endroit qui ressemble à un nid, bien au chaud : par exemple, une boîte en carton avec un chiffon de laine.*

6) *Dès qu'il sera capable de voler, laisse-le partir.*

Un petit oiseau !

Cui cui cui... cui...

# Sauvons
# la forêt !

Nous comprîmes que le petit oiseau se nourrissait de graines.

Quand il fut rassasié, nous le déposâmes dans un nid improvisé avec une boîte en carton et un chiffon.

C'est alors que j'entendis un cri :

– *AU FEUUUU !*

J'appelai aussitôt à l'aide avec mon téléphone portable :

– **VENEZ VITE ! LA FORÊT BRÛLE !**

– Nous envoyons tout de suite un avion pour éteindre l'incendie ! répondit le garde forestier.

Ratobald cria :

– *DU CALME !* Je vais vous expliquer la marche à suivre en cas d'incendie ! Nous allons nous diviser en deux équipes…

La première équipe vérifia dans quelle direction **soufflait** le vent et creusa des *sentiers coupe-feu*, c'est-à-dire des **BANDES DE TERRE** sans végétation, où le feu ne peut pas s'étendre... puisqu'il ne trouve rien à brûler !

Pendant ce temps, l'autre équipe organisa rapidement une chaîne de seaux d'**eau**.

On remplissait les seaux au ruisseau et on se les passait de main en main, puis on versait l'eau sur les flammes.

La chaleur augmentait et l'air devenait irrespirable. Nous nouâmes autour de nos museaux des mouchoirs mouillés pour nous protéger de la fumée, puis nous bandâmes nos mains pour ne pas nous les rôtir en portant les seaux dont le métal était devenu **BRÛLANT** !

Enfin, nous entendîmes un bruit de moteur : c'était l'avion des gardes forestiers, dont le réservoir était rempli d'eau ! Il en déversa le contenu sur les flammes, puis repartit s'approvisionner dans un lac.

C'est alors que je m'aperçus de quelque chose de bizarre... Sourille avait disparu !

Ratobald devint TRÈS PÂLE.

Esméralda cria :

– Je l'ai vue courir vers ces buissons. Elle voulait sauver un faon blessé !

Ratobald s'exclama :

– Sourille, je te sauverai !

Puis il disparut dans la fumée.

Au bout d'un laps de temps qui parut interminable, il émergea de la fumée en portant dans ses bras sa Sourille adorée.

# Es-tu prêt pour une surprise ???

Ce soir-là, Sourille et Ratobald nous réunirent tous autour du feu.

Ils se tenaient tendrement par la patte lorsqu'ils nous annoncèrent, très émus :

– Nous avons une grande nouvelle à vous apprendre... nous avons décidé de nous marier !

Benjamin demanda, stupéfait :

– Mais quand ?

Les deux répondirent en chœur :

– Le plus tôt possible !

Juste le temps d'organiser la cérémonie...

Quelques jours plus tard, tout était prêt.

Sourille n'avait pas de **robe de mariée**, parce qu'elle n'avait pas eu le temps de s'en occuper. Mais ils étaient tellement heureux, tous les deux, qu'ils ne s'arrêtaient pas aux détails !

C'est alors que j'entendis VIBRER mon téléphone portable.

Hum, que se passait-il ?

Je lus un SMS de Téa :

**Es-tu prêt pour une surprise ???**

Je blêmis. Je ne suis *JAMAIS* prêt pour les surprises de ma sœur.

Quand elle annonce une surprise, d'habitude… ou presque toujours… c'est-à-dire toujours…

il y a de quoi s'inquiéter !

# FLAP FLAP FLAP...
# VROUUUMMMMMMM !

Au même moment... il me sembla entendre un bruit **bizarre**.

FLAP FLAP FLAP... VROUUUMMMMMMM
FLAP FLAP FLAP... VROUUUMMMMMMM
FLAP FLAP FLAP... VROUUUMMMMMMM

Je regardai *autour de moi*... rien.

Je regardai *à droite*... rien.

Je regardai *à gauche*... rien.

Je regardai *devant*... rien.

Je regardai derrière... rien.

Je regardai *en bas*... rien.

Je regardai *en haut*... et je poussai un cri.

*Juste au-dessus de moi, il y avait...*
**un hélicoptère rose bonbon** !

Qui lançait des dragées **roses** !

Et qui jetait des petites cartes **roses** sur lesquelles les noms des mariés étaient inscrits à l'encre **rose** !

Et qui larguait des pétales de **roses** parfumés !

Je poussai un cri : une dragée **rose** venait de me heurter le nez !

Puis une **rose** entière (avec les épines !) se planta sur mon oreille !

Sourille s'écria :

– Mais qui cela peut-il bien être ? Qui peut piloter un hélicoptère couleur **rose bonbon** ?

Je marmonnai :

– Il n'existe qu'un seul rongeur au monde, ou plutôt une seule *rongeuse*, qui puisse faire une chose pareille. Et cette rongeuse, c'est ma sœur, **Téa Stilton** !!!

Dragées roses

Cartes roses

Rose rose

AGGHHH!

J'expliquai aux autres :

– Celle que vous voyez aux com-
mandes de l'hélicoptère, c'est ma
sœur Téa !

Au même moment, un énorme
paquet emballé dans du papier
cadeau **rose** s'écrasa sur mon
crâne.

Il était suspendu à un petit parachute **rose**. Dessus, il était écrit :

*Paquet avec
parachute rose*

*Pour Sourille et Ratobald !*

Ils ouvrirent le paquet, intrigués : il contenait un
costume pour lui et une splendide robe de mariée
pour elle, avec un voile et des gants !

Téa annonça dans un porte-voix :

– Sans robe de mariée... ce ne serait pas un vrai
mariage ! *Tous mes vœux aux mariés !*

# Vive les mariés !

# BARBEKIOU
## FOR IOU !

Une odeur délicieuse flottait dans l'air. C'était... on aurait dit... mais oui, c'était vraiment... une ODEUR DE BARBECUE !

Je retournai au camping en courant et découvris une pancarte sur laquelle était écrit :

**BARBEKIOU FOR IOU !**

VOU ZAPORTE L'ACIETTE... MOI JE M'OKUPE DE LA VIANDE ! GRILLADES DE STÈQUE, COTÉ DE POR, SAUSIX ET LEGUME ACOMPANIES DE SAUSSE... SIGNÉ LE MEYEUR CUISINIÉ DU MONDE !

Je réfléchis.

Hum, il n'existait qu'un rongeur au monde qui ait une écriture aussi désordonnée... et qui fasse autant de fautes d'orthographe... et qui soit vaniteux au point de se définir lui-même « le meilleur cuisinier du monde »...

mon cousin Traquenard !!!

Dans un nuage de fumée, je vis paraître une paire de moustaches graisseuses, un museau dodu et un ventre **RONDELET**... *c'était lui lui lui !!!*

Traquenard martela la grille avec une fourchette et hurla :

– Approchez... approchez, mesdames et messieurs, pour goûter le repas de noces le plus assourissant ! Dégustez ma viande grillée ! Des sauces à s'en lécher les moustaches et les contre-moustaches, c'est Traquenard qui vous le garantit ! **TRAQUENARD** comme...

**T** *comme* **TU VAS GOÛTER MES GRILLADES !**

**R** *comme* **RIEN N'EST MEILLEUR QUE ÇA !**

**A** *comme* **ALLEZ, COUREZ, VENEZ, MANGEZ !**

**Q** *comme* **QU'EST-CE QUE ÇA SENT BON !**

**U** *comme* **UNE VIANDE AU POIL !**

**E** *comme* **ET DES SAUCES MIAM MIAM !**

**N** *comme* **NON, PAS BESOIN DE DIRE MERCI !**

**A** *comme* **AYEZ SEULEMENT DE L'APPÉTIT !**

**R** *comme* **RIEN À PAYER, TOUT EST CADEAU !**

**D** *comme* **DE LA BARBAQUE JUSQU'À PLUS FAIM !**

Nous nous mîmes à la queue leu leu en nous léchant les moustaches. Mon cousin était très vaniteux, mais il avait raison sur une chose… ses grillades étaient vraiment **EXCEPTIONNELLES** !

BON APPÉTIT !

Miam Miam Miam

Traquenard me vit et me fit un clin d'œil.

— Benjamin m'a téléphoné pour me prévenir que son institutrice se mariait. Alors, Téa et moi nous sommes venus en hélicoptère… j'ai décidé d'offrir le *repas de noces* !

Pendant que tout le monde se régalait, Téa m'emmena faire un tour en hélicoptère au-dessus des chutes : le spectacle de la nature est vraiment merveilleux !

À la fin de la journée, quand les invités se levèrent de table, **HEUREUX ET repus**, nous repartîmes pour l'île des Souris.

# JE ME SENS L'ONCLE DE TOUS LES SOURICEAUX DU MONDE !

Après un long voyage, nous atterrîmes à l'aéroport de Sourisia.

Cela avait été si beau de vivre cette aventure ensemble ! Sourille et Ratobald me serrèrent la patte, *émus* !

– Merci, Geronimo ! Si nous nous sommes *retrouvés* après tant d'années… c'est grâce à toi ! *retrouvés*

J'annonçai à la classe de Benjamin :

– Je vous invite tous à visiter *l'Écho du rongeur*. Vous découvrirez comment on imprime un journal et comment naît un livre ! **ET NOUS NOUS AMUSERONS BEAUCOUP** !

– Hourra ! s'écria toute la classe en chœur.

Tripo me demanda, ÉMU :

– Est-ce que je peux t'appeler tonton ?

Je répondis :

– Bien sûr que tu peux m'appeler tonton. Mais n'oublie pas, mon nom est Stilton, Geronimo Stilton.

– OK, oncle Geronimon.

– Je t'ai dit que mon prénom est Geronimo...

– C'est bon, oncle Geromini.

– En fait, je m'appelle Geronimo...

– Oui oui oui, J'AI COMPRIS, oncle Geronimœil...

*Je me sens l'oncle de tous les souriceaux du monde !*

– Non, Geronimo…

– Mais oui, j'ai compris, oncle Geronimou.

– Je m'appelle G-E-R-O-N-I-M-O !

– Pfff, oncle Geronimoche, je ne suis pas sourd !

Je **renonçai** et *soupirai*.

Tripo était comme ça !

Il m'aimait bien.

Et moi aussi je l'aimais bien.

Cela me faisait plaisir qu'il m'appelle tonton : je me sens l'oncle de tous les souriceaux du monde !

Et j'aime tous mes lecteurs… oui, toi aussi, toi qui es en train de lire mon livre !

*Écris ici ton nom !*

*Moi, Geronimo Stilton, j'aime bien :*

.......................................................................

# VOYAGER... C'EST MIEUX QU'ARRIVER !

Nous nous dirigeâmes vers la sortie de l'aéroport. Mais c'est alors que je m'aperçus que je n'avais pas envie de retourner à Sourisia. J'avais envie... j'avais envie... j'avais envie... *Par mille mimolettes*, j'avais envie... **J'AVAIS ENVIE DE CONTINUER À VOYAGER** !

En voyageant, on apprend des choses nouvelles, on découvre les habitudes de peuples différents, on élargit ses horizons, parce qu'on découvre que le monde est grand et qu'il y a plein de manières différentes d'être heureux !

Je pensai à une célèbre phrase de l'un de mes auteurs préférés, qui a écrit l'un des plus beaux livres de tous les

temps, **L'ÎLE AU TRÉSOR**.

C'est Robert Louis Stevenson !

Il a écrit : « Voyager, c'est mieux qu'arriver ! »

Je demandai à mes amis :

– Avez-vous envie de repartir pour un voyage plein d'*aventures* dans toute l'Amérique du Nord, de l'Alaska à la Floride ?

Ils s'écrièrent en chœur :

– Ouiiiiiiiiii !

Nous rentrâmes en courant dans l'aéroport et repartîmes pour les États-Unis. Mais c'est une autre histoire ! Une autre histoire au poil…

Parole de Stilton, *Geronimo Stilton* !

R. L. STEVENSON

BON VOYAGE À TOUS !

# TABLE DES MATIÈRES

## Geronimo Stilton

# DANS LA MÊME COLLECTION

**65** — LE SECRET DU KARATÉ

**66** — LE MONSTRE DU LAC LAC

**67** — S.O.S. SOURIS EN ORBITE !

**Et aussi...**

**Les Préhistos**

# L'ÉCHO DU RONGEUR

**L'ÉCHO DU RONGEUR**

1. Entrée
2. Imprimerie
   (où l'on imprime les livres et le journal)
3. Administration
4. Rédaction (où travaillent les rédacteurs,
   les maquettistes et les illustrateurs)
5. Bureau de Geronimo Stilton
6. Piste d'atterrissage pour hélicoptère

# Sourisia, la ville des Souris

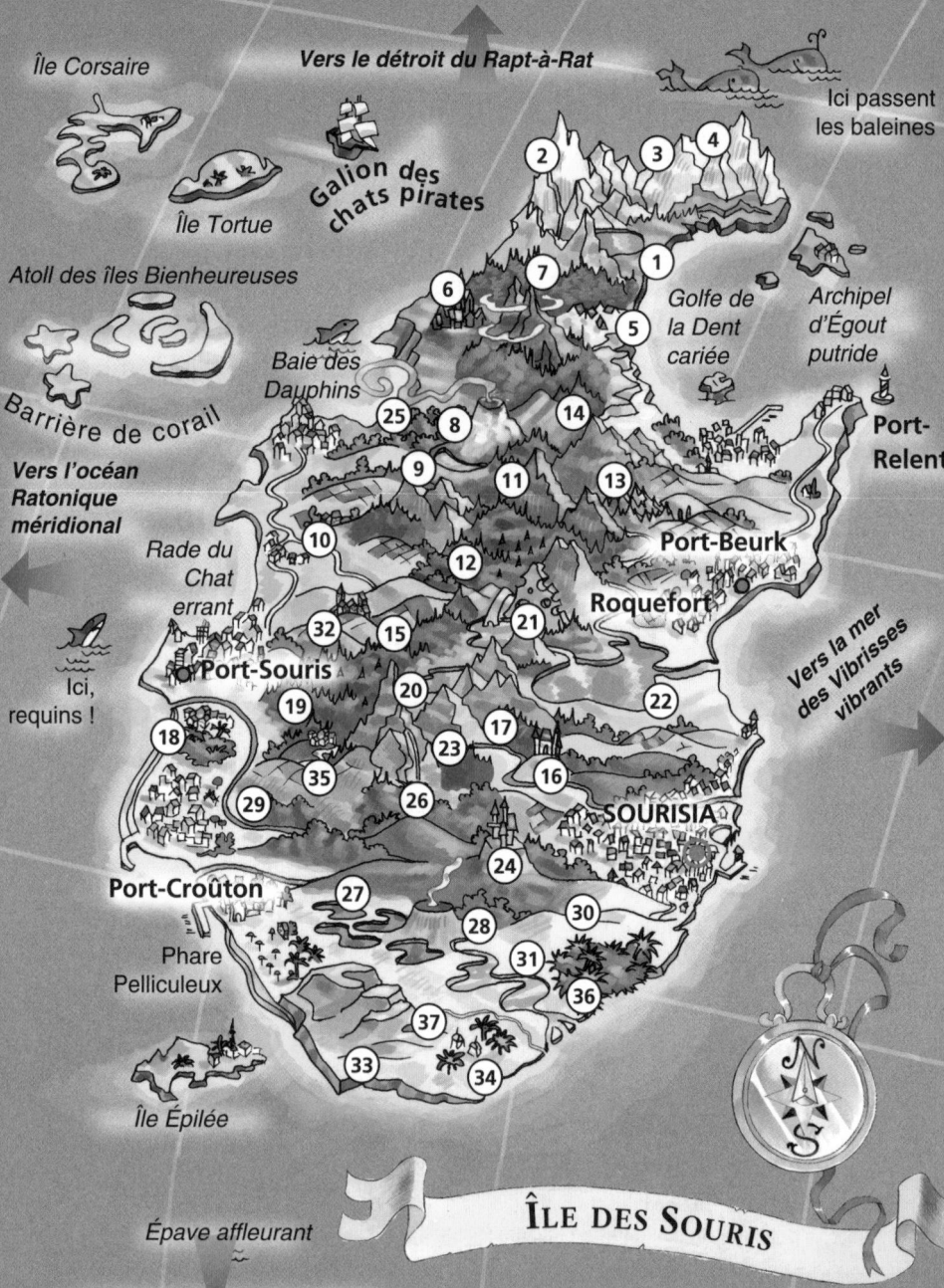

**ÎLE DES SOURIS**

Île Corsaire

Vers le détroit du Rapt-à-Rat

Ici passent les baleines

Île Tortue

Galion des chats pirates

Atoll des îles Bienheureuses

Golfe de la Dent cariée

Archipel d'Égout putride

Barrière de corail

Baie des Dauphins

Port-Relent

Vers l'océan Ratonique méridional

Rade du Chat errant

Port-Beurk

Roquefort

Ici, requins !

Port-Souris

Vers la mer des Vibrisses vibrants

SOURISIA

Port-Croûton

Phare Pelliculeux

Île Épilée

Épave affleurant

Vers la mer des Sourgasses

# Île des Souris

1. Grand Lac de glace
2. Pic de la Fourrure gelée
3. Pic du Tienvoiladéglaçons
4. Pic du Chteracontpacequilfaifroid
5. Sourikistan
6. Transourisie
7. Pic du Vampire
8. Volcan Souricifer
9. Lac de Soufre
10. Col du Chat Las
11. Pic du Putois
12. Forêt-Obscure
13. Vallée des Vampires vaniteux
14. Pic du Frisson
15. Col de la Ligne d'Ombre
16. Castel Radin
17. Parc national pour la défense de la nature
18. Las Ratayas Marinas
19. Forêt des Fossiles
20. Lac Lac
21. Lac Lac Lac
22. Lac Laclaclac
23. Roc Beaufort
24. Château de Moustimiaou
25. Vallée des Séquoias géants
26. Fontaine de Fondue
27. Marais sulfureux
28. Geyser
29. Vallée des Rats
30. Vallée Radégoûtante
31. Marais des Moustiques
32. Castel Comté
33. Désert du Souhara
34. Oasis du Chameau crachoteur
35. Pointe Cabochon
36. Jungle-Noire
37. Rio Mosquito

Au revoir, chers amis rongeurs, et à bientôt
pour de nouvelles aventures.
Des aventures au poil, parole de Stilton, de…

Geronimo Stilton